U0035389

古今

雜誌精選

古今出版社——原出版社
蔡登山——導讀

昏啼到曉恨無涯啼徹春

城十萬家血淚已枯心尚

赤更教開作斷腸花

　　詠杜鵑花絕句

遠峰含黛映檐牙乾柳枝欹

蝶凍鴉別有人間生意在紙

窗特地燦梅花

　　老窗絕句

　　　二十九年三月三日

樸之兄先以帝京書雜詠屬

余句曲有是

　　　　　汪兆銘 [印][印]

（上）汪精衛先生墨跡（樸園主人藏）
（下左）曾國藩墨跡（周佛海先生藏）
（下右）清儒江容甫遺像

打迭不慌不忙先求穩當

以求變化

文要精詳……事無聲無臭既要簡

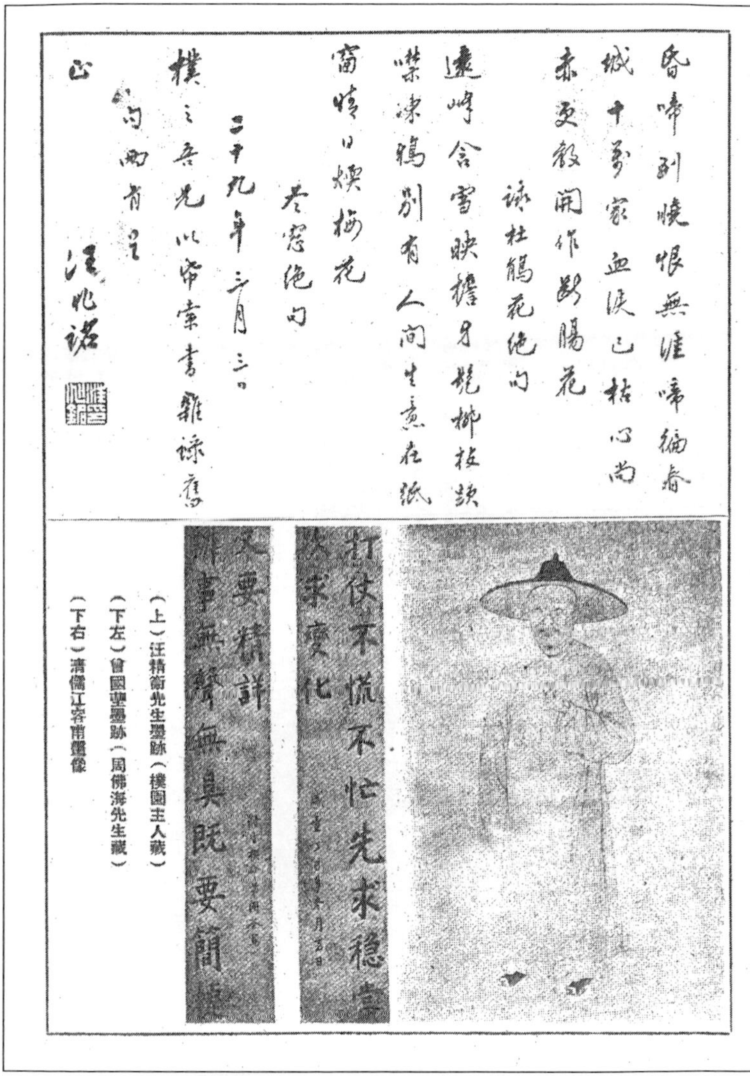

《古今》雜誌精裝復刻本，本圖選自第二期。

苦學記

周佛海

樸兄屢次要我爲古今寫一篇東西。提起作文和講演，我現在比甚麼都怕。因爲還都兩年以來，以前所期望，所談過的事，大部分沒有辦到。全面和平，遙遙無期，國府強化，尚待努力。所以我決心就自己的本位，就自己的責任，一聲不響的一點一滴的切實工作，非萬不得已，一不作文章，二不廣播，三不發表談話，四不公開講演。因爲以前說的話也太多了，既然大部分都沒有實現，還有甚麼意思向大衆說話？這便是我年來的心境。

不過古今的文字是軟性的，樸兄又再四相托，所以乘着星期日比較空閒的時候，把幼時苦學的經過，再來回憶一次，一則可以借此自己再鞭策一番，二則對于現在在困窮中的青年，也許可以相當的鼓勵。

辛亥武昌起義的時候，我纔十五歲，在鄉村一個私塾裏讀書。第二年民國元年，我們鄉下有幾個學生，都進城考了高等小學。我的消息很慢，等到考期已過，我纔知道。於是請求母親准許進城運動補考。到了城里探聽，知道距發榜的日子，只有三天，絕對不能再考了。我那時非常失望。湊巧那時縣政府的教育科長，是我鄉下的呂鶴亭先生。我便請他寫了一封信給小學校長。居然得到允許了。因爲這是我一生發軔的起點，現在還很清楚的記得。我一個表兄，當時在中學讀書，送我去考。補考的只有我一個人，在窗明几淨的校長室考的。國文題是「愛國說」，還有兩個加法的算術。國文完了卷就做算術。算術的答案，我沒有把握，湊巧這時校長不在房間，我的表兄在窗外探頭探腦的向內張望。我便把算術答案給他看。他輕輕的由窗外告訴我說尾數上少了一個圈，於是我把圈加上，考試就算完了。考雖考了，究竟能不能取，還是一個問題。因爲當時許多年紀比我大，學問比我好的老童生去投考，而名額又不很多。所以非常擔憂。那曉得發榜的那一天，我竟中了第一名。當時眞是喜出望外！馬上帶信回家，報告母親，她老人家當然也非常歡喜。我自己想來想去，毫想不出何以會考得第一的理由，難道是校長徇教育科長的情面嗎？後來進了學校，聽見閱卷的國文先生說，纔知道這個道理。原來我當時雖然在鄉下私塾，不知道從那裏弄得兩本梁任公的「中國魂」，讀得濫熟。我就學他的文筆，把許多新知識，新名詞，以及憂時憤世的論調，裝入「愛國說」文裏

《古今》雜誌精裝復刻本內文，圖為第三期收錄之文章〈苦學記〉。

我所知道的陳獨秀

靜塵

陳獨秀死了。死於四川江津縣，是死在牀上的。

假使陳獨秀死在十年或二十年前，噩耗傳來，無疑將引起全中國或甚至全世界的大衝動；可是這個時候，他的死不過像一片小小的瓦片投到大水裏，祗在水面上略略掀起幾圈微波。死非其時，這情景對於一位怪傑的殞落實是最淒慘不過的。

一個偉大的人物死了，人們照例要來一套『蓋棺論定』，或歌頌，或罪責，各依各的主觀，有的把死者捧上三十三天，有的把死者打入十八層地獄，使他永不翻身。其實這種行徑都有點近乎無聊。尤其此時此地，筆者對於陳獨秀之死，既不想談他從事政治活動的經過，也不想批評他的思想，更不願論述他對於近代中國到底發生了些什麼影響，從而確定他的功罪。我想這些工作最好讓諸幾百年後的歷史家們去開始，去完成吧。所以筆者於此，僅願約略談談關於陳獨秀的爲人以及他生前事蹟的一部份。

× × × ×

·陳獨秀氏遺影·

（一九三六年出獄後攝）

無論如何，陳獨秀是夠得上稱爲中國近代史上的一個傑出的人物。假使我們顧不以成王敗寇的眼光去觀察一位歷史人物的話。

『五四』以後，國民黨北伐之前，青年人誰不曉得中國有南陳北李（李卽李大釗）。當時陳獨秀身爲中國共產黨的領袖，威名顯赫，誰個不曉。國民黨清黨以後，共產黨人不能公開活動了，而李大釗既死於北京，陳獨秀在上海，也成爲天字第一號的要犯，於是他的聲名，便像糊在牆壁上的花紙一般，在歲月剝蝕之下漸漸褪了色。時至今日，提起陳獨秀，簡直覺得有點生疏了。

其實陳獨秀的沒落還並非由於當年國民黨的清共。倘然國民黨清共以後陳獨秀還是中國共產黨的『中央執行委員會總書記』，『長征』有他的份，事變發生後與重慶合作有他的份，他還不是又成了重慶方面數一數二的一位大要人！所以陳獨秀的沒落，實在應該是由於中國共產黨內部對於陳氏的傾軋。陳獨秀畢竟不夠做一個政治家，他不過是一位學者，

《古今》雜誌精裝復刻本內文，圖為第五期收錄之文章〈我所知道的陳獨秀〉。

《天地》雜誌精裝復刻本，本圖為第十四期封面。

導讀：文史雜誌的尤物——朱樸與《古今》及其他

蔡登山

在上海淪陷時期，他一手創刊《古今》雜誌，網羅諸多文士撰稿，使《古今》成為東南地區最暢銷也最具有份量的文史刊物，他就是朱樸（字樸之，號樸園，亦號省齋）。他在《古今》創刊號寫有〈四十自述〉一文，根據該篇自述及後來寫的〈樸園隨譚〉、〈記蔚藍書店〉，我們知道他生於一九〇二年，是江蘇無錫縣景雲鄉全旺鎮人。全旺鎮在無錫的東北，距元處士倪雲林的墓址芙蓉山約有五里之遙，居民大都以耕農為生，讀書的不過寥寥一二家而已。而朱樸卻出身於書香門第，他的父親逑珊公為名畫家，他本來希望朱樸能傳其衣鉢，但看到他臨習《芥子園畫譜》臨得一塌糊塗，認為不堪造就，遂放棄了初衷。朱樸七歲入小學，成績不壞。十歲以後由鄉間到城裡，進著名的東林書院（高等小學），因得當時國文教授龔伯威先生的特別賞識，對於國文一門，進步最快。高小畢業後，他赴吳江中學讀書，不到一年轉入輔仁中學就讀。一年後，考入吳淞中國公學商科。一九二二年夏季從中國公學畢業，本想籌借一千元赴美留學，結果到處碰壁，不克如願。後來承楊端六先生的厚意，介紹他進商務印書館

《東方雜誌》社任編輯，那時他年僅二十一歲。

當時的《東方雜誌》社共有四位編輯：錢經宇、胡愈之、黃幼雄、張梓生。錢經宇是總編輯；胡愈之專事譯文兼寫關於國際的時事述評（他用的筆名是「化魯」）；黃幼雄襄助胡愈之做同一性質的工作；張梓生專寫關於國內的時事述評。朱樸進去之後，錢經宇要他每期主編「評論之評論」欄，兼寫關於經濟財政金融一類的時事述評。社址是在寶山路商務印書館的二樓一間大房間，與《教育雜誌》社、《小說月報》社、《婦女雜誌》社、《民鐸雜誌》社同一房間。朱樸說：「那時候的《教育雜誌》社有李石岑（兼《民鐸雜誌》）和周予同；《小說月報》社有鄭振鐸；《婦女雜誌》社有章錫琛和周建人；此外還有各雜誌的校對等共有一二十人之多；濟濟蹌蹌，十分熱鬧。……當時在我們那一間大編輯室裡，以我的年紀為最輕，頗有翩翩少年的手采。鄭振鐸那時也還不失天真，好像一個大孩子，時時和我談笑。他和他的夫人高女士在一品香結婚的那天，請嚴既澄與我二人為男儐相，我記得那天大家在一起所攝的一張照片，好像現在還保存在我無錫鄉間的老家裡呢。」

在《東方雜誌》做了一年多的編輯，經由衛聽濤（渤）的介紹，朱樸到北京英商麥加利銀行華帳房任職。當時華經理（即買辦）是金拱北（城），是有名的畫家，所以賓主之間，亦頗相得。

一九二六年夏，他辭去北京麥加利銀行職務，應友人潘公展、張廷灝之招，任上海特別市政府農工商局合作事業指導員之職。後因友人余井塘之介紹得識陳果夫，朱樸說：「陳先生對於合作事業頗為熱心，因見我對於合作理論有相當研究，遂於十七年（一九二八）夏以中央民眾訓練委員會的名義，派我赴歐洲調查合作運動，於是渴望多年的出國之志，方始得償。當我出國的時候，我開始對於政治感到無限的興趣和希望。那時國民黨有所謂左派與右派之分，左派領袖是汪精衛先生，右派領袖是蔣介石先生。我對於汪先生一向有莫大的信仰，我認為孫先生逝世後祇有汪先生才是唯一的繼承者。那時汪先生正隱居在法國，我在赴歐的旅途中，旦夕打算怎樣能夠追隨汪先生為黨國而奮鬥。」於是到了巴黎幾個月後，朱樸先認識林柏生，之後又經過幾個月，才由林柏生介紹晉謁汪精衛，那是在曾仲鳴的寓所。

在巴黎期間，朱樸除數度拜謁合作導師季特教授（Prof. Charles Gide）暨參觀各合作組織外，並一度赴倫敦參觀國際合作聯盟會及各大合作組織，復一度赴日內瓦參觀國際勞工局的合作部，得識該部主任福古博士（Dr. Facquet）及幫辦哥侖朋氏（M. Colombain），相與過從，獲益不少。一九二九年春，陳公博由國內來巴黎，經汪精衛介紹，朱樸初識陳公博。後來並陪他到倫敦去遊歷，兩星期後陳公博離英他去，朱樸則入倫敦大學政治經濟學院聽講。

一九二九年夏秋之間，朱樸奉汪精衛之命返回香港，到港的時候正值張發奎率師號稱三萬，由湖南南下，會同桂軍李宗仁部總共約六萬人，從廣西分路向廣州進攻，「張、桂軍」當時亟須奪取廣州來擴充勢力，準備同蔣介石分家，割據華南。不料後來因軍械不濟的緣故，事敗垂成。

香港掌故大家高伯雨說：「我和省齋相識最久，遠在一九二九年在倫敦就時相見面，但沒有什麼交情。一九三〇年我從英國回上海一轉，在十四姊家中又和他相值，原來那時候他正避難在租界裡，住在我姊姊處。那天他還約了史沫特萊女士來吃茶，我和她談了兩個多鐘頭。」對此朱樸在〈人生幾何〉一文補充說道：「至於伯雨所說的關於史沫特萊女士一節倒是的確的，而且非常之祕密，因為她那時正寓居於上海法租界霞飛路西的一層公寓內，我們不但是『打倒獨裁』的同志，並且是好抽香煙好喝咖啡的同志。所以，我常常是她寓所裡的座上客，我一到她那裡她總是親手煮咖啡給我喝的。那時候她和孫中山夫人宋慶齡女士來往非常親密，她曾屢次說要為我介紹，可是因為不久我就離開上海到香港來了，卒未如願。」

這次倒蔣的軍事行動雖未成功，但汪精衛並不灰心，他頗注意於宣傳工作，遂命林柏生、陳克文、朱樸三人創辦《南華日報》於香港，林柏生為社長，陳克文與朱樸為副社長。朱樸說：「當時我與柏生、克文互相規定每人每星期各寫社論兩篇並值夜兩天，工作相當辛勞。所幸編輯部內人才濟濟，得力不少，如馮節、趙慕儒、許力求等，現在俱已嶄露頭角，有聲於時。那時候汪先生也在香港，有時候也有文字在《南華日報》上發表，所以這一個時期《南華日報》的社論，博得讀者熱烈的歡迎。還有副刊也頗為精彩，尤其是署名『曼昭』的〈南社詩話〉一文，陸續登載，最獲一般讀者的佳評與讚賞。」

一九三〇年夏，汪精衛應閻錫山及馮玉祥的邀請到北平召開擴大會議，朱樸亦追隨同往，任海外部祕書。同時並與曾仲鳴合辦《蔚藍畫報》於北平，頗獲當時平津文藝界的好評。同年冬，汪精衛赴山西，朱樸奉命重返香港。道經上海時，因中國公學同學好友孫寒冰的夫人之介紹，認識了沈瑞英女士。一九三一年春，汪精衛赴廣州主持非常會議，朱樸被任為文化事業委員會委員。寧粵雙方代表在上海開和平會議，朱樸事先奉汪精衛命赴上海辦理宣傳事宜。一九三二年一月三十日與沈瑞英於上海結婚。兩年間留滬時間居多，雖掛著行政院參議、農村復興委員會專門委員、外交部條約委員會委員等名義，但實際上並沒做什麼事。

一九三四年六月，朱樸奉汪精衛之命，以行政院農村復興委員會特派考察歐洲農業合作事宜的名義出國。朱樸說：「汪先生因該會經費不充，所以再給我一個駐丹麥使館祕書的職務。我赴歐後先到倫敦，適張向華（發奎）將軍亦在那裡，闊別多年，暢敘至歡。數日後我隨他到荷蘭去遊覽。後來，張將軍離歐赴美，我即經由德國赴丹麥。我在丹麥三、四個月，普遍參觀了丹麥全國的各種合作事業，所得印象之深，無以復加。」一九三六年，張發奎在浙江江山新就閩、贛、浙、皖四省邊區清剿總指揮之職，來函相招。於是朱樸以一介書生，乃勉入戎幕。

一九三七年春，他奉汪精衛命為中央政治委員會土地專門委員再兼襄上海《中華日報》筆政。同年「八・一三」事變發生，朱樸奉林柏生命重返香港主持《南華日報》筆政。不久，林柏生亦由滬來港。一九三八年春節樊仲雲也由滬到港，隨即在皇后大道「華人行」七樓租房兩間，開辦「蔚藍書店」。「蔚藍書店」其實並不是一所書店，它乃是「國際編譯社」的外幕。而「國際編譯社」直屬於「藝文研究會」，該會的最高主持人是周佛海，其次是陶希聖。「國際編譯社」事實上乃是「藝文研究會」的香港分會，負責者為林柏生，後來梅思平亦奉命到港參加，於是外界遂稱林柏生、梅思平、樊仲雲、朱樸為「蔚藍書店」的四大金剛。其中林柏生主持一切總務，梅思平主編國際叢書，樊仲雲主編國際週報，朱樸則主編國際通訊。助編者有張百高、胡蘭成、薛典曾、龍大均、連士升、杜衡、林一新、劉石克等人。「國際編譯社」每星期出版國際週報一期，國際通訊兩期，選材謹嚴，為研究國際問題一時之權威。國際叢書由商務印書館承印，預計一年出六十種，編輯委員除梅思平為主編外，尚有周鯁生、李聖五、林柏生、高宗武、程滄波、樊仲雲、朱樸等。當時所謂「四大金剛」，他們除了本店的職務外，尚兼有其他職務。如林柏生為國民政府立法院委員、《南華日報》社長；梅思平為中央政治委員會法制專門委員；樊仲雲為《星島日報》總主筆；朱樸為中央政治委員會經濟專門委員。

一九三八年十二月二十九日汪精衛發表「豔電」，於是和平運動立即展開。朱樸被派祕密赴滬，從事宣傳工作，經一兩個月的籌備，和平運動上海方面的第一種刊物《時代文選》於次年三月二十日出版。同年八月二十八日，汪偽中國國民黨在上海舉行第六次全國代表大會，朱樸被選為中央監察委員，復擔任中央宣傳部副部長。同年八月至九月間，接辦上海《國際晚報》（後因工部局借故撤銷登記證而被迫停刊。）十月一日創辦《時代晚報》，由梅思平任董事長，到一九四〇年九月一日才遷到南京出版。一九四〇年三月三十日汪精衛在南京成立偽「中華民國國民政府」，其組織機構仍用國民政府的組織形式，汪精衛任行政院院長兼代主席。此時朱樸被任為交通部政務次長。先是中央黨部也將他調任為組織部副部長。五月二十六日中國合作學會在南京成立，朱樸被推為理事長。

一九四一年一月十一日，朱樸的夫人在上海病逝；同年十月十六日長子榮昌亦歿於青島。

一年之中喪妻喪子，給他以沉重的打擊，萬念俱灰之下，他先後辭去中央組織部副部長和交通部政務次長的職務，僅擔任全國經濟委員會委員一類的閒職。一九四二年三月二十五日，朱樸在上海創辦了《古今》雜誌，他在〈《古今》一年〉文中說：「回憶去年此時，正值我的愛兒殤亡之後，我因中心哀痛，不能自已，遂決定試辦這一個小小刊物，想勉強作為精神的排遣。」他又在〈滿城風雨話古今〉文中說：「有一天，忽然闊別多年的陶亢德兄來訪，談及目前國內出版界之冷寂，慫恿我出來放一聲大砲。自惟平生一無所長，只有對出版事業略有些微經驗，且正值精神一無所託之際，遂不加考慮，立即答應。」他在〈發刊辭〉中說：「我們這個刊物的宗旨，顧名思義，極為明顯。自古至今，不論是英雄豪傑也好，名士佳人也好，甚至販夫走卒也好，只要其生平事蹟有異乎尋常不很平凡之處，我們都極願盡量搜羅獻諸於今日及日後的讀者之前。我們的目的在於彰事實、明是非、求真理。所以，不獨人物一門而已，他如天文地理，禽獸草木，金石書畫，詩詞歌賦諸類，凡是有其特殊的價值可以記述的，本刊也將兼收並蓄，樂為刊登。總之，本刊是包羅萬象、無所不容的。」

《古今》從第一期到第八期是月刊，到第九期改為半月刊，十六開本，每期四十頁左右。朱樸在〈《古今》兩年〉文中說：「當《古今》最初創刊的時候，那種因陋就簡的情形決非一般人所能想像的。既無編輯部，更無營業部，根本就沒有所謂『社址』。那時事實上的編輯者和撰稿者只有三個人，一是不佞本人，其餘兩位即陶亢德周黎庵兩君而已。創刊號中一共只有十四篇文章，我個人寫了四篇，亢德兩篇，黎庵兩篇，竟占了總數之大半；其他如校對、排樣、發行，甚至跑印刷所郵政局等類的瑣屑工作，也都由我們三人親任其勞，實行『同艱』『共苦』的精神。……那種情形一直賡續到十個月之後才在亞爾培路二號找到了社址（這是承金雄白先生的厚意而讓與的），於是所謂的『古今社』者才名副其實的正式辦起公來。」《古今》從第三期開始由曾經編輯過《宇宙風乙刊》的周黎庵任主編（其實是從籌備開始，只是沒公開掛名而已。），朱樸說：「我與黎庵沒有一天不到社中工作，不論風雨寒暑，從未間斷。就我個人的經驗來說，生平對於任何事務向來比較冷淡並不感覺十分興趣的，可是對於《古今》，則剛剛相反，一年多來如果偶而因事離滬不克到社小坐的話，則精神恍惚，若有所失。」

周黎庵在〈《古今》兩年〉文中說：「我編《古今》有一個方針，便是善不與人同，戰後作家星散，在上海的只有這幾個人。雖然他們的文章寫得好，但因為每一家雜誌都可以有他們的作品，便算不得名貴了，於是《古今》便開發北方……每期總刊載幾篇北方名家的作品，北方開發成功之後，我覺得還不足以維持《古今》獨有的風格，近期更有碩果僅存的珍貴史料和大江南北無與抗手的書畫刊載，可以說是《古今》特殊的貢獻。」

經過朱樸、周黎庵的努力邀約，在一九四三年七月《古今》夏季特大號（第二十七、二十八合刊）的封面上開列了一個「本刊執筆人」的名單：

汪精衛、周佛海、陳公博、梁鴻志、周作人、江康瓠、趙叔雍、樊仲雲、吳翼公、瞿兑之、謝剛主、謝興堯、徐凌霄、徐一士、沈啟无、紀果庵、周越然、龍沐勛、文載道、柳雨生、袁殊、金梁、金雄白、諸青來、陳乃乾、陳寥士、鄭秉珊、予且、蘇青、楊鴻烈、沈爾喬、何海鳴、胡詠唐、楊靜盦、朱劍心、邱艾簡、陳旭輪、錢希平、陳耿民、何戡、白銜、病叟、南冠、陳亨德、李宣倜、周樂山、張素民、左筆、楊蔭深、魯昔達、章家祥、許季木、默庵、靜塵、許斐、書生、小魯、方密、何淑、周幼海、余牧、吳詠、陶亢德、周黎庵、朱樸。

在這份六十五人的名單中，除南冠、吳詠、默庵、何戡、魯昔達是同屬黃裳一人外，可謂名家雲集。其中以汪精衛、周佛海、陳公博、梁鴻志、江亢虎、趙叔雍、樊仲雲等為首，顯示出《古今》與汪偽政權的千絲萬縷的關係。學者李相銀在《上海淪陷時期文學期刊研究》書中，就指出：「無論是汪精衛的『故人故事』，還是周佛海的『奮鬥歷程』，無不是在訴說自己的輝煌過去。……作為民族國家的罪人，他們與日本侵略者媾和並將此視為『豐功偉業』大肆吹噓，不過是為自己荒謬的言行尋找『合法』的外衣而已。其實他們又何嘗不知此舉早為世人所不齒，必將等來歷史的審判。他們焦慮不安的內心充滿了對於『末日』的恐懼，除了借助於文字聊以排遣之外，還能有何良策呢？就此而言，《古今》無疑成了他們『遣愁寄情』的最佳言說空間，《古今》的文學追求也因此被『政治化』。」而舊派文人和學者如吳翼公、瞿兌之、周越然、龍榆生、謝剛主、謝興堯、徐凌霄、徐一士、陳旭輪、陳乃乾等人佔了相當的比重，體現出雜誌的「古」的色彩。這其中有許多是專研掌故之學的，如明末四公子之一冒辟疆之後人——冒鶴亭他的〈孽海花閒話〉在《古今》第四十一期起連載九期；而晚清大學士瞿鴻機之子瞿兌之出身宰輔門第，故舊世交遍天下，是民國筆記小說的重要代表人物；徐一士出身晚清名門世家，與兄徐凌霄均治清代掌故，所著《凌霄一士隨筆》與瞿兌之的《人物風俗制度叢談》、黃秋岳的《花隨人聖庵摭憶》並稱為「三大掌故名著」。謝剛主原名謝國楨，是明史專家；謝興堯則主要從事太平天國史研究，他對《水滸傳》作者的考證，從胡適考證的遺漏之處入手，認為《水滸傳》最根本的問題是作者問題，發幽探微，溯古追今，既有史實，又有史識。而周越然在二十世紀上半葉，是無人不知的大藏書家，其書室名為「言言齋」，於一九三二年毀於「一·二八」之役，但他並不因此而稍挫，他移居西摩路（今陝西北路），繼續廣事搜購，不數年又復坐擁書城。他偏嗜禁書，寫有〈西洋的性書與淫書〉等文。陳乃乾則早年從事古舊書業經營，所經眼的版本書籍特別多，撰著了不少有關版本目錄學方面的專著，並在《古今》上發表了許多目錄學、版本學方面的學術文章。

紀果庵在《古今》第三十期（一九四三年九月一日出版）的〈海上紀行〉一文，談到他們在朱樸的「樸園」雅集的情況：「次日上午我先到黎庵兄處會齊，往樸園，老樹濃蔭，蟬聲搖曳，殊為人海中不易覓到的靜區。樸園主人前在京時曾見過一面，但未接談，這番重見到他清癯的面容，與具有隱士嘯傲之感的風格，不覺未言已使我心折。我常想晉宋之交，有栗里詩人，與遠公點綴了美麗的廬山，五斗米雖不能使他折腰，而我輩卻呻吟於六斗之下（公務員配給米以六斗為限），古今世變，還是相去有間的，然如樸園之集，固亦大不易得，並非我輩『群賢畢至』，良以濁世可以談談的機會與心情太不容吾人日日如此耳。亢德已至，因有他約，先去。隨後來的有矍鑠的周越然先生，推了光頂風趣益可撩人的予且先生，手度翩翩的文載道柳雨生二兄，和我最喜歡讀其文字的蘇青小姐，樊仲雲先生則最後至，於是談話馬上熱鬧起來，予且先生在抄寫樸園主人的八字預備一展君平手段，越翁則談到方九霞劫案，載道大說其墨索公辭職的新聞，聲宏而氣昂，蘇青小姐只有在一邊微笑，用小型扇子不住的扇著。我這個北方大漢，插在裏邊，殊有不調和之感，只好聽著似懂不懂的上海話，一面欣賞吳湖帆送給樸園主人的對聯，（聯曰：顧視清高氣深穩，文章彪炳光陸離。）和書架上的書籍，大部是清代筆記掌故和清印的書帖之屬，主人脾胃，可睹一斑，其與吾輩相近，亦頗顯然也。時主人持出《扇面萃珍》一冊，與黎庵討論《古今》封面材料，此集乃廉南湖小萬柳堂所藏，均明清珍品。主人因談到吳芝瑛女士的字，據云乃是捉刀，余亦久有所聞，而不如主人所知之證據確鑿。飯已擺好，我竟僭越的被推首席，可惜自己不能飲酒，白白辜負主人及黎庵的相勸之意。老饕既飽，本該『遠颺』，（昔人喻流寇云，『饑則來歸，飽則遠颺。』）奈外面紛傳，馬路將要戒嚴，『下雨天留客』，適有饋主人以西瓜者，不免益使老饕堅其不去之心。西瓜吃畢，蘇青女士的文章來了，她掏出小巧精緻的紀念冊，定要樊公題字，樊公未有以應，叫我先寫幾句，我只得馬馬虎虎，塗鴉一番，大意好像是發揮定公詩：『避席畏聞——著書都為——』數語的意思，未免平凡得很。主人堅執請樊公執筆，樊公索詞於我，我忽然說：『您寫纚成白雪桑重綠，割盡黃雲稻正青罷。』樊公未作可否，我已竟感到荊公此語，太露鋒芒，豈唯對樊公不適，即給人題字，亦復欠佳，乃急轉語鋒曰：隨便寫個『文章千古事，得失寸心知』好了，不是蘇青小姐的文章大可『千古』嗎？樊公乃提筆一揮而就。三點了，不好意思再坐下去，於是告辭了雅潔的樸園……」

對於《古今》的創辦，上海電影製片廠離休老幹部、上海作家協會會員沈鵬年在《行雲流水記往》一書中另有一說，他云：「朱樸畢竟出身於書畫世家，深知『國寶』級的兩宋古書畫的價值。而當時號稱『前漢』（汪精衛屬『後漢』）的大漢奸梁鴻志家藏兩宋古書畫，他覬覦之心，無時或已。便以《古今》約稿為名，頻頻登門訪梁。」梁鴻志出身閩侯望族，曾祖父梁章鉅，號茝林，官至江蘇巡撫，是嘉道間名震朝野的收藏家，外祖林壽圖，號歐齋，工書畫及詩詞。梁鴻志早年結識北洋皖系大紅人、安福系王揖唐，王賞識梁鴻志的詩才，拉其入安福國會任財務副主任，梁鴻志因此搜刮了不少安福俱樂部的公款，後來王揖唐又舉薦梁鴻志任段祺瑞祕書。段歸隱上海，梁就用安福系的巨額贓款也在上海置花園洋房一所，並以祖傳宋代古玩三十三件（一說是兩宋蘇東坡、黃山谷、米南宮、董源、巨然、李唐等書畫名家真跡三十三種），名其居曰「三十三宋齋」。沈鵬年認為這些國寶級的珍藏，不能不令朱樸為之咋舌。因此朱樸在《古今》創刊時，就約得梁鴻志的文章〈爰居閣脞談〉並將其排在首篇，足見其是別有用心的。

後來朱樸更因此得識了梁鴻志的長女，沈鵬年說：「一九四二年四月的一天，朱樸要周黎庵陪伴同去鑑賞。至梁宅適主人外出，由其女梁文若招待。這就是朱樸致文若第一封『情書』中所說『兩年多以前曾經多少友好的熱心介紹，始終未能謀面，而這一次竟於無意之間一見傾心』的這一次。朱樸致文若信中寫道：『我因精神無所寄託遂創辦《古今》以強自排遣，卻不料無形中竟因此獲得了你的重視和青睞。』『在茫茫塵海之中能夠獲得你，可說不虛此生了。』從一九四二年四月至一九四四年三月，整整兩年的苦心追求，文若小姐下嫁朱樸，朱樸成為梁鴻志的『乘龍快婿』。『三十三宋齋』的『肥水』也能分得『一杯羹』。他創辦《古今》的目的初步得逞。」

一九四四年三月三日下午三時，朱樸與梁文若結婚，證婚人原定周佛海，後來因周佛海有事不克前來，改為梅思平主持。據參與盛會的文載道說，新郎著藍袍玄褂，新娘則僅御紅色旗袍，不冠紗也不穿高跟鞋，有許多人頗讚美這種儀式之儉樸而莊嚴。因為梁鴻志與朱樸交友廣闊，因此賀客盈門，有冒鶴亭、趙時棡（叔孺）、譚澤闓、吳湖帆、龔心釗（懷西）、林灝深（朗谿）、夏敬觀、劉翰怡、廖恩燾、顏惠慶、張一鵬、鄭洪年、朱履龢、聞蘭亭、諸青來、李拔可、嚴家熾等名人。另文化界來的有：趙正平、樊仲雲、周化人；新聞界有：金雄白、陳彬龢、袁殊、鄭鴻彥、許力求；銀行界有：馮耿光、周作民、李思浩、葉扶霄、錢大櫆、盧澗泉、張慰如、吳蘊齋；軍警界有：唐蟒、蕭叔宣、張國元、唐生明、臧卓、熊劍東、蘇成德、林之江等；女賓到的有周佛海夫人楊淑慧，陳公博夫人李勵莊，前「標準美人」現唐生明夫人徐來，以及繆斌、任援道、梅思平、丁默邨的夫人等。還有兩位是朱履龢、李祖虞夫人，都是崑曲的名手。更難得的是京劇大師梅蘭芳也來了。文載道說：「聽說這次爰居閣主（案：梁鴻志）贈與樸園（案：朱樸）的覲禮，也不是世俗的金錢飾物，而是最合樸園愛好的金石古玩。計有宋哥孳水盂全座，漢玉一枚，乾隆仿宋玉兔朝元硯一方，精品雞血章成對。」

朱樸在〈樸園日記——甲申銷夏鱗爪錄〉文中說：「（一九四四年）八月十五日，下午到《古今》社，鶴老送贈《梁節庵遺詩》一冊，盛意可感。《古今》第五十三期出版，封面刊登孫邦瑞君所貽鄭蘇戡之『含毫不意驚風雨，論世真能鑒古代』一聯，頗為大方。……八月二十三日，上午赴中行，與震老閒談時事，感慨良多。下午與文若赴爰居閣，邀外舅（案：梁鴻志）同往孫邦瑞處觀畫。今日所觀者有沈石田畫二卷，董香光畫軸及冊頁各一件，王煙客冊頁九幀，惲南田畫一卷，皆精品。石谷二卷俱係中華時代之力作，頗為外舅所讚美。……邦瑞富收藏，今日因時間匆促，不克飽鑒為憾，異日當約湖帆再往訪之。」孫邦瑞是民國著名書畫收藏家，他與吳湖帆交誼甚篤，且結通家之好，所收藏名跡多經吳湖帆鑑定並題跋。沈鵬年說：「據說孫邦瑞家藏的精品經梁、朱『鑒賞』以後，梁、朱用『金條』為誘餌，反覆談判，威嚇利誘，被掠奪而去……類此者何止孫氏一家？這就是朱樸之用《古今》為幌子，先瞄上梁家『三十三宋齋』，然後再網羅海上著名收藏家的珍品，這就是他辦《古今》最終的真正目的。……朱樸通過《古今》人財兩得，名利雙收。把《古今》停刊以後，集中精力，找到退路，最後去『香港買賣書畫』。」

一九四四年十月《古今》在出版第五十七期後停刊，朱樸離開滬寧的政治圈，他以平民身份幽居北平，以賞玩字畫為樂事。他在〈憶知堂老人〉文中說：「一九四四年《古今》休刊後我舉家遷居北京，到後即往拜訪。」又在〈多難祇成雙鬢改〉文中說：「甲申之冬，余北遊燕都，知堂老人邀讌苦茶庵，陪座者僅張東蓀、王古魯。席間，余出紙索書，主人酒餘揮毫，為集陸放翁句『多難祇成雙鬢改，浮名不作一錢看』十四字相貽，感慨遙深，實獲我心。聯旁並附小跋曰：『樸園先生屬書小聯，余未曾學書，平日寫字東倒西歪，俗語所謂如蟹爬者是也。此只可塗抹村塾敗壁，豈能寫在朱絲欄上耶？惟重雅意，集吾鄉放翁句勉寫此十四字，殊不成樣子，樸園先生幸無見笑也。民國甲申除夕周作人』虛懷若谷，讀之愧然。」

朱樸在一九四七年到了香港，有論者說他在抗戰勝利前就到香港是不確的。除了他自己在〈人生幾何〉文中說：「我由北京來港是一九四七年，並非一九四八年。」外，香港《大人》、《大成》雜誌創辦人沈葦窗也說：「一九四七年，省齋將來香港，湖帆曾有意同行，於是時常晤面，磋商行止。湖帆有煙霞癖，因此舉棋不定，省齋先於四七年冬來港，我到港後和他時時飲茶，談次總要提起湖帆，認為南張北溥，先後到了海外，若湖帆到港，便成三國鼎峙之局，海外畫壇那就更加熱鬧了！」。

名作家董橋在《故事》一書中說：「朱省齋名樸，字樸之，無錫人，我一九七〇年年尾在香港報上讀到他去世的消息。他早歲浮沉政海，中年後來香港買賣書畫，與張大千、吳湖帆友善，《星島日報》社長林靄民請過他編《人物週刊》。省齋與張大千五十年代在香港過從甚密，也許還不斷有過書畫上的買賣。」張大千「《歸牧圖》題識提到的蘇東坡《石恪維摩贊》，大千竟然又是靠朱省齋奔走買進來的。此《贊》曾經由省齋的外舅梁鴻志收藏，四十年代末期忽然在香港為省齋發現，立即轉告大千，大千願意傾囊以迎，懇求省齋力為介說；幾經磋商，卒為所得。」一九五〇年朱樸和譚敬「同寓香港思豪酒店。一天，譚敬忽遭覆車之禍，身涉訴訟，急於用錢，打算出讓全部藏品。那時張大千正在印度大吉嶺避暑，省齋馳書通報，大千立刻回電說：『山谷伏波神祠詩卷，弟寤寐求之者已二十餘年，務懇代為竭力設法，以償所願！』省齋接電話後幾經周折，終於成事。」

沈葦窗在〈朱省齋傷心超覽樓〉文中說：「我草創《大人》雜誌，省齋每期為我寫稿，更提供許多書畫資料。那時，省齋在王寬誠的寫字樓供職，薪水甚少，但有一間寫字間卻很大，他每天下午到那裡去轉一轉，看看西報，主要的工作是為王寬誠鑑定書畫。因此，他於一九五七、一九六〇年都回過上海，又到北京，而在最後一次他回香港經過深圳之時，卻遇見一件驚心動魄的事情，從此，他就不敢再北上了。原來省齋到北京，遇見瞿兌之，瞿家有一件齊白石的山水畫長卷，是他家的一段故事，名為《超覽樓禊集圖》……兌之晚年，境遇不佳，省齋卻對此卷念念不忘，因之和兌之磋商，以人民幣四百元讓到手上，……省齋得此畫後，十分得意，已在畫右下角，鈐上陳巨來為他刻的『朱省齋書畫記』印章，並在北京覓人攝影。不料在返港之際，在深圳遇見虎而冠者，從行李中搜出此物，認為盜竊國寶，罪無可綰，幾欲繩之於法。幸得長袖善舞最近在港逝世之某君為之緩頰，方保無事。省齋告我，當時心膽俱裂，確實有此情景，畫件當然沒收，後來再沒有下落了！省齋當年曾說，此件到港可值萬金以上，如今看來，十百倍都不止，而省齋從此得怔忡之疾，一九七〇年十二月九日歿於九龍寓邸，享年六十有九。」

朱省齋十幾年來先後出版《省齋讀畫記》、《書畫隨筆》、《海外所見名畫錄》、《畫人畫事》、《藝苑談往》五本專談書畫的書籍。他在一九五四年出版的《省齋讀畫記》〈弁言〉中說：「作者並不能畫，惟嗜此則甚於一切。十餘年前在滬常與吳湖帆先生相往還，初得其趣；近年在港，隨張大千先生遊，朝夕過從，獲益更多。竊謂本書之作，雖未敢媲美《江村銷夏錄》、《庚子銷夏記》等名著，但對於同好之士，或能勉供參考之一助也。」他在《藝苑談往》〈引言〉中又說：「雖然文不足取，但是所謂敝帚自珍，覺得也還有其出版之價值。尤其書中如〈石濤繁川春遠圖始末記〉、〈董北苑瀟湘圖始末記〉、〈關於顧閎中韓熙載夜宴圖的故事〉、〈黃山谷伏波神祠詩書卷始末記〉諸篇，其中所述，雖不敢自詡謂鄙人『獨得之祕』，但因都曾經身預其事，知之較切，自非如一般途聽道說，摭人唾餘者之可比。」

與朱樸有數十年友誼的金雄白說：「在香港二十餘年中，他已成為中國古代文物的鑑賞專家。以他的天賦聰明，兼得他丈人長樂梁眾異氏之指點，又因先後與吳湖帆、張大千交遊，耳濡目染之餘，又寖饋於此，乃卓然有成。近來他的著作中，也十九屬於談論古今的書畫人物，遠至美國，每遇珍品，輒先央其作最後的鑑定，以為取捨之標準。」而對於書畫之鑑定，朱樸寫有一長文〈論書畫賞鑑之不易〉，他認為賞鑑者，乃是一種極專門又極深奧的學問，普通一般的書畫家不一定也是賞鑑家，而所謂收藏家者，更不一定就是賞鑑家。余恩鑅在其《藏拙軒珍賞目》序文說：「近來市肆家變幻百出，遇名畫與題跋分裂為二，每有畫真跋假，以畫掩字；畫假跋真，以字掩畫。又有前朝無名氏畫，妄填姓名；或因收藏家以印章題跋為證據，依樣雕刻，照本描摹。直幅則列滿邊額，橫卷則排綴首尾，類皆前朝印璽名人款識，施之贗本。而俗眼不察，至以燕石為瓊瑤，下駟為駿骨，冀得厚資而質之。」因此朱樸最後總結說：「賞鑑是一件難事，而書畫的賞鑑則尤是難事之難事，應該是萬古不磨之論。董其昌有言曰：『宋元名畫，一幅百金；鑑定稍訛，輒收贗本。翰墨之事，談何容易！』真是一點也不錯。」

目次

《古今》雜誌精選

關於珍妃

笠堪（周黎庵）

一斛珍珠慰寂寥，倉皇西幸總魂銷；
馬嵬山下同遺憾，淒絕長門賦大招。

——清宮詞

末代帝王的生涯，總是一個悲劇，清光緒三十四年的帝王生涯中，更是悲劇中的悲劇。他不獨外受制於強敵；內且受制於母后。不但朝政大權不能操諸己手，連婚姻戀愛的自由也被剝奪得乾淨。李三郎馬嵬坡之變，以帝王之尊而不能保護一個弱女子，卒至「君王掩面救不得」，被後人責為千古薄倖，「長恨」一歌，此恨綿綿。不圖千載之下，帝王制度的結局時，尚遺留下相同的一齣悲劇，那便是光緒的恪順珍貴妃他他拉氏。

關於珍妃的記載和詩詞，似乎很多，數月前聞上海話劇有《清宮怨》一劇，亦即係演珍妃事，但我未曾看過，想來總是哀豔得很的吧。不過文人的記載，總不及永新念奴之口述天寶遺事可靠。故宮博物院曾於民國十九年五月三日在《故宮週刊》出一「珍妃專號」，其中頗多珍貴的資料以其出諸白頭宮女之口，當屬較傳聞之說為可信。因摭拾其間資料及同時人詩文，來談一談這位清代楊貴妃，想也不無一看的價值吧。

珍妃姓他他拉氏，為禮部左侍郎長敘之女，志銳、志鈞、志錡之妹。在旗人中，長氏一門，實為較開明者流，戊戌庚子之際，為滿族清貴中流砥柱的人物。珍妃和其姊瑾妃同時選入宮，其所以獲選為妃者，實有滿廷家庭間一段痛史在，茲據舊日宮監唐冠卿之言錄之：

光緒十三年冬，慈禧太后為德宗選后，在體和殿召備選之各大臣少女進內，依次排列。與選者五人：首列那拉氏都督桂祥女，慈禧之姪女也（即隆裕）。次為江西巡撫德馨之二女。末列為禮部左侍郎長敘之二女（即珍妃姊妹）。當時太后上坐，德宗侍立，榮壽固倫公主及福晉命婦立於座後。前設小長桌一，上置鑲玉如意一柄，紅繡花荷包兩對，為定選證物（清例：選后中者，以如意予之，選妃中者，以荷包予之）。太后手指諸女語德宗曰：「皇帝，誰堪中選，汝自裁之，合意者即授以如意可也。」言時即將如意授與德宗。德宗對曰：「此大事當由皇爸爸主之。子臣不能自主。」太后堅令其自選。德宗乃持如意趨德馨女前，方欲授之。太后大聲曰：「皇帝！」並以口暗示其首列者。德宗愕然，既乃悟其意，乃不得已將如意授其姪女焉。太后以德宗意在德氏女，即選入妃嬪，亦必有寵之憂，遂不容其續選。匆匆命公主各授荷包一對與末列二女，此珍妃姊妹之所以獲選也。嗣後德宗偏寵珍妃，與隆裕感情日惡，其端實肇於此云。

珍妃冊立之後，極為那拉氏所鍾愛，她性喜書畫，那拉氏命內庭供奉繆嘉蕙女士教之。平時居景仁宮，和光緒同住，則居養心殿。光緒甚為妮媠，常與互易衣冠以為戲。隆裕不得光緒歡，因妬生恨，常在那拉氏前進她的讒言，說她研究攝影術，非妃嬪之所宜。於是寵愛漸弛，終至於一度遭斥，其經過茲據白姓宮女口述錄之（此宮女今日若在，年當七十左右矣，當時侍珍妃時，年僅二十歲云）：

慈禧六十萬壽時，值福州將軍出缺，隆裕后欲以此職畀予乃舅，因妃頗得德宗寵，倩其請於德宗，而妃則以「誰說均是一樣」之語謝，后誤以妃恃寵而驕，乃趨慈禧前告妃欺壓皇后，后本慈禧女姪，平日有對后小不敬者，必嚴刑責罰，謂正宮中體制也。今聞忤后者，乃素不善之珍妃，其忿怒之狀，較之平日十倍而不止，時慈禧居南海儀鑾殿（即今南海居仁堂），德宗居瀛台，隆裕與珍瑾兩妃居同豫軒，慈禧乃傳同豫軒侍妃之宮女太監等至儀鑾殿，面詢妃平日起居狀況，叱詫備至，凜不可犯，宮監等悚惶萬狀，乃言妃平日甚為恭謹，從無大舛，慈禧聞而怒，疑宮監祕不直陳，乃命掌刑太監杖擊之，哀號踣踊，皮肉皆綻，但宮監所言，仍如前說，時妃侍側，慈禧盛怒之餘，更令太監掌責之，令自陳，妃以皇帝所寵，今乃當眾受辱，痛不欲生，終無結果，慈禧愈怒，遂奪其妃號，令降為貴人，太監王有兒聶八十充軍，宮監等減逐大半，時妃已回同豫軒，哀毀異常，慈禧復施其牢籠手段，賜妃溫諭並食品八盒以慰之。翌早八時，慈禧又傳轎至同豫軒，行至流水音，見撐船太監未著袍，怒其大不敬，命責之，而宮杖未至，憤怒之餘，乃掣所乘之轎竿撻之甚苦，嗣至同豫軒，見隆裕及瑾珍兩妃均因懼慈禧之威，同時昏暈，僵而不甦。慈禧乃大懼，亟至瀛台告德宗，德宗憤以「死就死了，此後永不立后」之語示決絕之意。自此事過，妃之與慈禧間益增嫌隙，但起居各節尚如舊，只縮減其侍從而已。又隔二三年始因戊戌變政事，困妃於鍾粹宮後北三所，窘苦備至，所攜什物，均晨藏於宮壁上豫挖之空洞中，夕再持出，蓋防慈禧攫去也。至光緒二十六年庚子拳匪之變，慈禧乃令崔玉貴推珍妃入甯壽宮後井中，從之者尚有一宮女及一太監。時珍妃已遷禁於景祺閣小屋，入井前一夕，慈禧尚召妃朝見，謂「現今江山已失大半，皆汝所致，吾必令汝死」。妃憤曰：「隨便辦好了。」翌日即推之入井。後慈禧出走至長安時，復封妃為神，亦追薦之意。是日慈禧假寐時，即夢見妃告「不必加封，吾已成神矣」。並力數慈禧之惡，醒而不語者半日，咽喉盡腫。回鑾後，出妃屍於井，顏色如生，胭脂尚存，只失去紮腿一飄帶而已。妃宮女尚存二，曰春豔，春壽，聞近年已故云。

又據劉姓宮女（此宮女乃德宗行大婚禮時，慈禧派其充喜婆，於坤甯宮守喜，二十三歲入宮，於光緒二十五年五月出宮，時女（三十五歲，今若尚在，則年八十七歲矣）所言，則於珍妃所以致死的原因較詳，蓋慈禧之必欲死珍妃者，決不在普通的家庭小故，其間必在較大的原因，劉姓宮女所言，亦可給我們一些端倪也：

珍妃十三歲入宮，十五歲行大婚禮，時光緒十四年正月也。珍瑾二妃異母所生，相差只一歲，封裏所刊之像乃光緒二十一二年之間所照，所著之衣服，長袍為洋紛色，背心為月白色鑲寬邊，乃光緒二十一年最時髦之裝束，係於宮中另做的。珍妃每早於慈禧前請安畢，即回景仁宮，任意裝束，並時攝取各種姿式，此像則於南海所照，後為慈禧所見，頗不悅。光緒二十年時，有耿九者，賄結慈禧之小太監王長泰（即王有兒）聶德平（即聶八十），謀取粵海關道，密陳德宗准其事。同時復有實善者，乃慈禧侄之岳父，駐兵於鳳凰城，因兵敗失守，輦金運動免罪，亦經王聶二監請於妃，並進呈慈禧背心及大衣衣料兩件，此二事均以不密外洩，聞於慈禧，大怒，將珍瑾二妃均板責之，將王聶二監充軍於黑龍江，遇赦不赦。王聶本精於皮黃劇，至營口逗不前行，並於當地搭班演劇，解卒不得已內聞，慈禧乃命就地正法，時妃二十一歲也。時妃被責後仍居景仁宮，因喜攝影術，復暗使戴姓太監於東華門地方開設照相館，復為隆裕后密告於慈禧，乃將戴姓太監杖斃於廷。至珍妃二十三歲，光緒二十四歲年戊戌之變，慈禧乃幽妃於建福宮，繼徙北五所，令二宮女侍，門自外鎖，飲食自檻下送進，珍妃被困後，原住之景仁宮即被封，其守宮太監全體被逐。至光緒二十六年庚子，妃乃被迫入井。珍妃性憨厚，喜遊嬉，頗得德宗寵，以此為隆裕所嫉。按宮例妃不應乘八人轎，德宗特賞之，被慈禧見而令將轎摔毀，德宗不悅，嗣隆裕竟以短妃於德宗，反為所毆，自此妃遂益為慈禧所不悅，共死因蓋早種於此也。

珍妃在家時，延江西文廷式（道希）為之師，時文尚未及第，妃入宮之後，文中庚寅科榜眼，甲午大考翰林又列第一，相傳均乃出其女弟子的力量，因此文的勢力大張，可以交通宮闈。在光緒戊戌以前的一時期，那拉氏雖歸政於帝，但對於內外的賄賂還是不肯放手，而珍妃耳濡目染，當然也效法老佛爺的所為，苞苴兼進，於是和那拉氏方面，不免有權利的衝突。戊戌之變，乃師文廷式又是站在新黨一方面的，於是更疑珍妃和康梁有關，遂非置之死地不可了。

至於珍妃死難的情形，言人人殊，據《清朝野史大觀》所言，則乃在於宮監崔某之誤會那拉氏意志，西狩之時，那拉氏謂「予將率爾行，拳眾如蟻，土匪蠭起，兩年尚韶稚，倘遭污，莫如死。」崔某一聞此言，遽牽珍妃，氈裹而推諸井中。夫以一區區宮監而有此大膽，吾未之敢信，其為那拉氏事獲掩飾之談可知，較可徵信的，當然還是當日目擊其事的人口述，宮監唐冠卿云：

庚子七月十九日聯軍入京，宮中驚惕萬狀，總管崔玉桂率快槍隊四十人守蹈和門，予亦率四十人守樂壽堂，時甫過午，予在後門休憩，突覘慈禧后自內出，身後並無人隨侍，私揣將赴頤和軒，遂趨前扶持，乃至樂壽堂右，后竟循西廊行，予頗驚愕，啟曰：「老佛爺何處去？」曰：「汝勿須問，隨余行可也。」及抵角門轉彎處，遽曰：「汝可在頤和軒廊上守候，如有人窺視，槍擊毋恤。」予方駭異間，崔玉桂來，扶后出角門西去，竊意或將殉難也，然亦未敢啟問。少頃，聞珍妃至，請安畢，並祝老祖宗吉祥。后曰：「現在還成話麼？義和拳搗亂，洋人進京，怎樣辦呢？」繼語音漸微，噥噥莫辨，忽聞大聲曰：「我們娘兒們跳井吧！」妃哭求恩典，且云未犯重大罪名。后曰：「不管有無罪名，難道留我們遭洋人毒手麼？你先下去，我也下去。」妃叩首哀懇，旋聞后呼玉桂，桂謂妃曰：「請主兒遵旨吧！」妃曰：「汝何亦逼迫我耶！」桂曰：「主兒下去，我還下去呢！」妃怒曰：「汝不配。」予聆至此，已木立神癡，不知所措，忽聞后疾呼曰：「把她扔下去吧！」遂有掙扭之聲，繼而砰然一響，想珍妃已墜井矣。斯時光緒居養心殿，尚未之知也。後玉桂疽發背死。

儻若撇去滿清季年宮闈間爭招賄賂因而釀成悲劇不提，單就洋兵入京，賢妃殉國的一樁故事看來，則其哀豔淒絕，又何讓於唐人之於馬嵬坡呢！因之晚清詩人，以此事見於詩詞者，數見不鮮，茲錄數章於後，以作本文之殿。惲毓鼎詩云：

金井一葉墮，淒涼瑤殿旁；
殘枝未零落，映日有輝光；
溝水空流恨，霓裳與斷腸；
何如澤畔草，猶得宿鴛鴦。

朱祖謀（古微）彊村詞〈聲聲慢‧和味聃落葉〉云：

嗚螿頹感，吹蝶空枝，飄蓬人意相憐，一片離魂，斜陽搖夢成煙，香溝舊題紅處，拚禁女憔悴年年，寒信急，又神宮淒奏，分付哀弦，終古巢鸞無分，正飛霜金井，拋斷纏綿，舞起迴風，才知恩怨無端，天陰洞庭波闊，夜沈沈，流恨湘絃，搖落事，向空山休問杜鵑。

又李亦元〈湘君〉，亦詠珍妃之作，詩云：

青楓江上古今情，錦瑟微聞嗚咽聲；
遼海鶴歸應有恨，鼎湖龍去總無名；

珠簾隔雨香猶在，銅輦經秋夢已成；
天寶舊人零落盡，隴鸚辛苦說華清。

又曾重伯有〈庚子落葉詞〉，亦悼妃之作，詩凡十二首，描繪較詳，茲錄其八首：

十月帝城飛木葉，更于何處難哀蟬。（其一）
文鸞去日紅為淚，輕燕仙時紫作煙；
鳳尾檀槽陪玉椀，龍文瓔珞殉金鈿；
甄宮一夕淪秦璽，疏勒千年出漢泉；

赤闌迴合翠淪漪，帝子精誠化烏歸；
重壁招魂傷穆滿，漸台持節召真妃；
清明寒食年年憶，城郭人民事事非；
湘瑟流哀彈別鵠，寒魚哀雁盡驚飛。（其二）

銀床玉露冷驚鋪，碧化長虹轉鹿盧；
姑惡聲聲啼苦竹，子規夜夜叫蒼梧；

破家叵耐雲昭訓，殉國爭憐李寶符；
料得佩環歸月下，滿身星斗泣紅蕖。（其三）

朱雀烏衣巷戰場，白龍魚服出邊牆；
鷗波亭外風光慘，魚藻宮中歲月長；
水殿可憐珠宛轉，冰精贏得玉淒涼；
君王莫問三生事，滿驛梨花繞佛堂。（其四）

王母傳籌擁桂旗，閶門宣謝肯教遲；
漢家法度天難問，敵國文明佛不知；
十宅少人簪白柰，六宮伺日策青驪；
玉孃湖上粘天草，只託微波殺卷施。（其五）

天文正策王良馬，地絡先摧蜀后蛇；
太液自來涵聖譯，水仙從古是名家；
蕙蘭悼影傷瓊樹，河漢回心濕絳紗；
狄女也憐人薄命，繞欄爭挂相生花。（其六）

十海停歌山罷舞，芙蓉獵獵鯉魚風；
璇台戰鼓驚朱鷺，瑤席新香割綠態；
魂魄暗依秦鳳輦，聖明終屬晉蛟宮；
景陽樓下胭脂水，神岳秋毫事不同。（其七）

簾外曉風吹碧桃，未央殿前咽秦簫；
石華廣袖誰曾攬，沉水奇香定未燒；
荷露有情拋粉淚，凌波無賴學纖腰；
雲袍枉繡留仙褶，白石清泉任寂寥。（其八）

談四大名旦

肅容

四大名旦——梅、程、尚、荀，自從民初以來，即享盛名，至今不衰。這四個姓名，聯在一起，差不多已成了戲劇界的專門名詞，雖婦孺也都知道中國有這四位人物。二三十年來，多少達官貴人名卿巨商，其姓名已隨流光以俱去，唯有這四位卻屹然如故，也可見其藝術入人之深與飲名之盛久了。

亂戰以來，四大名旦的首席梅畹華遠走天南，旅居香港，港戰發生，人們所特別關心的，除卻各人的親友外，大都還帶上一句錦注他的起居。有人說他留了寸許鬍子杜門謝客，甚至還有海外東坡之謠，幾乎把一般愛好他的藝術的人們急死。現在消息傳來，畹華安然無恙，怎不令人以手加額呢？而且聽說不久便要在紅氍毹上，可以與我們相見了。江南搖落，重逢龜年，總令人不勝其感慨吧！

天這樣的熱，迴憶天各一方的朋友，也是一件消夏的好方法，我且談談就我所知的四大名旦私人生活，以實《古今》，想為關心他們的讀者所樂予一看的吧！

梅畹華的私人生活，抽象說起來，可以說是最雍容最華貴的了。從前在無量大人胡同的住宅，佈置得非常華麗，可也非常大雅，一付對聯，一條字屏，都經他的手，位置得井井有條，梅雖不是埋頭伏案的書生，可是真能得到書中的趣味，也是得到書中涵養的一個人。每天下午，攤書理曲，跟笛工琴師，底吹曼唱，那韻味實在遠勝過戲台上的表演，可惜得見的人不多，而能夠發現他的趣味的人，恐怕還更少呢。

自從他移居上海以後，雖是住所不大，草地一方，也是非常整潔，他自從出國幾次以後，對於藝術的興趣，更不止些舊的戲劇，已經進行到並且領略到外國劇藝的精神；同時除掉戲劇以外，凡關於圖畫、雕塑、無線電、影戲，無一不愛，也無一不細細研究，而且同時他還是請了一位鬍子很長的老畫師——湯定之先生——每天下午，在書桌上人畫其梅花，一枝樹幹，必定要剛勁；一朵花蕊，必定要圓熟。如此的孜孜不倦，不曾忘了原來的「國故」，可算是真能夠實行「中學為體西學為用」的一個。

程禦霜呢，此人真不像個劇界名角，非但他的氣派不像，連他的身裁動作，都完全不像。那巍然一表的身材，背後看來，好像是個舶來品的少爺兵，當面看來，口中銜了一枝三B牌的菸斗，有時高興起來，白蘭地可以吃上一瓶半瓶，打起麻雀來，可以連上十六圈乃至廿四圈的「無奇不有」。可是他唱起戲來，非常認真，一絲不苟。平日受慣了羅癭公先生愛好文字的熏陶，所以寫起字來，也是一筆張猛龍，還要參加些鄭文公爨龍顏的意味，在偶然筆致之中，還得流露些漂亮的意味，真是說得上嫵媚兩字。北京住在十景花園多年，離開叱詫嗚唁的孚威將軍吳佩孚的住宅不遠，後來他的朋友李老頭兒，替他經營了西城的一所大房子，非常幽勝，更加舒服，只是朋友去的時候，不免嫌地方太遠車錢太貴了。

他來過上海多次，後來向住滄洲，最先則是在丹桂第一台對門的元元旅社，那時還未結婚，頗為上海時髦惡劣的異性所注意，可是他守身如玉，連異性打來的電話，都不敢接，這是何等自重。但是我想交際還是不妨的，後來遠涉重洋，應該不至於隨時面赧罷。

尚綺霞乃是一個公子哥兒派頭的人兒，他住的椿樹胡同，佈置是特別富麗，差不多像朱門貴族的家庭，他自己不能喝酒，卻愛打牌，替朋友往還，沒一個不是如飲醇醪。空的時候，一樣的寫字畫畫，疏疏淡淡的幾筆菊花，雖功夫不深，卻也當得雅潔兩字。至於他愛好藝術收藏字畫等等，那是他的嗜好。

他交際的範圍，非常廣闊，交際的手段，非常週到，所以大家都願意和他來往。同時對於公益的事情也非常熱心，什麼梨園公益呀，窩窩頭會呀，他都是滿口應承，首先發動，這也是博得一般人的同情和好評的。

他也是老到上海來的人。照例名角來滬，必先拜客，所拜有初次見面的報館先生，有多年交好的票房名票，這是一種「阿姨撒子」，任何戲劇巨頭，都不能規避的，可是別人有時應付不及他的圓到，見了人總是「您好吓」「你多棒吓」這一套，不像有人在台上儘能的「引吭高歌」，下了台見人的時候，卻「沉默寡言」，這一點上，有人說是他的天賦擅長交際，也有人說他不免有點北京習氣，這卻是見仁見智，不必深究。

荀慧生最妙的是一般人都叫他荀老板（荀字少了日中一劃，因而諧聲）他在梅畹華頭幾次到滬唱《上元夫人》等戲時候，還替姚玉芙等一同充當舞綵帶的宮女，可是自己有些聰明，力爭上進，非但短短時期，已經達到了第四名「傳臚」的地位，並見一樣的能書能畫幾筆山水，著實有些樣兒。

慧生在四大名旦之中，是個最有福氣的，他的兒子令香，已經「箕裘克紹」的家學淵源了，他因為一時同行，無不編排新戲，所以也由陳墨香等，為之排了很多的新戲，編的成績，也不算壞，可是最近聽得北方的消息，陳墨香已經作了古人，斗方名士，身後例屬蕭條，慧生所送的賻儀，未免過於菲薄——×十元？——這一方面固然要與潦倒文人表深初的同情，寄無窮的感慨，那一方面想起梅畹華的厚奉易實甫羅癭公諸名公，程豔秋的為羅經營殯葬，實在不可同日而語，寫到此地，我不敢有別的希望，只希望這是謠言，而不是事實。

我所知道的陳獨秀

靜塵

陳獨秀死了。死於四川江津縣，是死在牀上的。

假使陳獨秀死在十年成二十年前，噩耗傳來，無疑將引起全中國或甚至全世界的大衝動；可是這個時候，他的死不過像一片小小的瓦片投到大水裏，只在水面上略略掀起幾圈微波。死非其時，這情景對於一位怪傑的殞落真是最淒慘不過的。

一個偉大的人物死了，人們照例要來一套「蓋棺論定」，或歌頌，或罪責，各依各的主觀，有的把死者捧上三十三天，有的把死者打入十八層地獄，使他永不翻身。其實這種行徑都有點近乎無聊。尤其此時此地，筆者對於陳獨秀之死，既不想談他從事政治活動的經過，也不想批評他的思想，更不願論述他對於近代中國到底發生了些什麼影響，從而確定他的功罪。我想這些工作最好讓諸幾百年後的歷史家們去開始，去完成吧。所以筆者於此，僅願約略談談關於陳獨秀的為人以及他生前事蹟的一部份。

無論如何，陳獨秀是夠得上稱為中國近代史上的一個傑出的人物。假使我們願不以成王敗寇的眼光去觀察一位歷史人物的話。

「五四」以後，國民黨北伐之前，青年人誰不曉得中國有南陳北李（李即李大釗）。當時陳獨秀身為中國共產黨的領袖，威名顯赫，誰個不曉。國民黨清黨以後，共產黨人不能公開活動了，而李大釗既死於北京，陳獨秀在上海，也成為天字第一號的罪犯，於是他的聲名，便像糊在牆壁上的花紙一般，在歲月剝蝕之下漸漸褪了色。時至今日，提起陳獨秀，簡直覺得有點生疏了。其實陳獨秀的沒落還並非由於當年國民黨的清共。倘然國民黨清共以後陳獨秀還是中國共產黨的「中央執行委員會總書記」，「長征」有他的份，事變發生後與重慶合作有他的份，他還不是又成了重慶方面數一數二的一位大要人！所以陳獨秀的沒落，實在應該是由於中國共產黨內部對於陳氏的傾軋。陳獨秀畢竟不夠做一個政治家，他不過是一位學者，是個共產主義的信徒，所以他一而再，再而三地失敗了！政治上失敗的結果，自然逃不了沒落的厄運。

矮小的身材，老是穿著一襲深褐色或深綠色的嗶嘰長袍，禿頂的頭髮，老是望後梳得很整齊，但是沒有油光。面孔很黑，一對尖銳的眼睛，炯炯有光，鼻子和嘴吧生得都合適，唇上唇下略有幾根鬍子，使人一望而知他是一個善良而富有毅力的人物，這是陳獨秀容貌的大概。手腳都很小，右手手指間老是夾著根「價廉物美」的土製小雪茄煙，不斷地吸，不斷地彈灰，吸完一根接一根，右手和嘴唇從來沒有空閑過。從前在上海，住的地方非常祕密，而且始終只有一個人（僅僱一名女傭給他煮飯洗衣服）。跑出門來，從不坐車（因為坐車容易使人注意），也從不招呼和他認識的人。一個矮小的老頭兒夾雜在人叢之中走，夏天的草帽和冬天的呢帽永遠罪沒前額，碰到他的人自然做夢也想不到他就是一個被政府懸賞五萬元，長年通緝的大罪人。然而這個一直為政府當局要得而甘心的大罪犯始終安安穩穩生活在上海，直到有一個他的親信門徒出賣他，被政府當局捉著押到南京去為止。

陳獨秀並不長於口才，不會辯論也不善演講。但是他的熱情，同他談天的人總會被他那股說不出來的熱情所吸引。他歡喜閒談，閒談時倒像白頭宮女話天寶，有點兒娓娓動聽。他也愛講笑話，談女人，雖然他講出來的笑話並不十分好笑，他談女人也不戴什麼戀愛的假面具。他是一個直爽而富於情感的人物，他不矯揉造作，他從不以無產階級為口頭禪，以無產階級作為一切一切的辯護；他是一個非常合乎人情的人。

他的個性很強，不大肯承認自已的錯誤。他忠於人，忠於事，忠於他自己的意志和思想。這是他成功的基礎，但也是他失敗的要素。他很固執他自己的意見，有些地方，他不免有點獨裁。每當辯論的時候，他會聲色俱厲地堅持他個人的主張，倘然有人堅決反對他，他竟會站起身來拂袖而去。但他也很感情用事，有時候，倘然與他爭論的對手是他平日所敬愛的，他會無條件地讓步，放棄他自己的主張。他有堅強的意志，卻缺乏冷靜的頭腦，這是他身為領袖的唯一缺點，也是他一生事業的失敗之癥結。

他有豎富的感情，他有豐富的愛。而他把他的感情和愛都交給了他的政治思想。他的兩個兒子——延年和喬年都為共產黨死了。他從不提起，也不覺得老來無子的悲哀。他的一個媳婦和一個孫兒一直在蘇聯，她們不給他來信，他也不記掛他們。他的老妻住在安徽原籍，從來不曾到過上海，他也從來不回家去瞧瞧。聽說他還有一位哥哥和一個已經出嫁的女兒。他的哥哥先他幾年死了，他的老妻和女兒，自他被捕後才到南京陸軍監獄裏去探望他，有一個時期還陪他住在一起。「八一三」後，他從南京釋放出來到武漢，後來再從武漢到四川，他的老妻和女兒就陪著他轉輾遷流。一個政治上和文學上的怪傑到暮年居然還能享受幾年家庭的清福，恐怕完全出乎陳氏的意料之外吧！

陳獨秀也是一個出色的老師。對他青年的教誨，真可說「誨人不倦」。並且很高興給青年改文章。他的字寫得很細很潦草，但是他做起文章來卻很仔細。他書讀得很多，尤其對舊學顯有修養，所以他的白話文詞句工整而且簡潔。我始終覺得，陳獨秀與胡適真不愧為一對中國白話文的大師，兩個人各有所長，而且一個詞藻的穠麗和一個行文的一清如水，恰巧成個對比，這也是中國近代文學史上怪湊巧的一回事。

陳獨秀的體質並不怎麼弱，只是他終年害胃病，所以飯吃得很少，時時吃麵包。他除了抽香煙外沒有別的嗜好，酒是絕對不喝的。原來有沒有心臟病倒不得而知，不過他的肝火很旺。

從政治上失敗下來陳獨秀是受盡了磨折，尤其是共產黨那方面，簡直連氣也不肯給他透。但是陳獨秀始終要做一個共產主義者，執迷不悟。記得他被補時候，章行嚴以老朋友的資格，願意做他的義務辯護律師，給他出了一次庭，因為要辯護他的無罪，便在法庭上列舉他早年同情國民黨，反對北洋軍閥，擁護孫中山先生及其三民主義的種種論據，最後還代表他說他並不反對國民黨，並不想推翻國民政府。但是陳獨秀卻立刻不同意章行嚴那種辯護，他自認他是一個共產黨員，自認他反對國民黨的主義和政策，並要奪取政權，組織共產主義的革命。並且又當場拒絕章行嚴充當他的義務律師，回到監獄裏親自寫了一篇〈辯護狀〉，交進法院去。

出獄以後，陳獨秀除在武昌大學作了三兩次公開演講外，即無其他政治活動。所以陳獨秀的行動，也一直不為國人所注意。那時候（也許在那時候以前）他最受人注意的行動恐怕只有一件事，就是給上海的《宇宙風》半月刊寫了幾段〈實庵自傳〉（他的自傳），可是這〈實庵自傳〉不過寫了一個頭就擱起了。中國近代史上少了這一篇傳奇式的文獻，實在太可惜了。前幾年我與朋友有時偶然閒談到陳獨秀，我總覺得陳獨秀晚年政治生命的斷絕，並不怎樣可惜，因為他不是政治上的梟雄，其失敗也固宜。只是他不能完成他的自傳，這不僅是中國近代史上的一個損失，也是中國近代文學上的一個大損失！

現在獨秀死了，我不為獨秀的生命哀，也不為獨秀的不能成功哀，——因為政治上的成功不一定是真的成功，失敗不一定是真的失敗。——卻為陳獨秀不能完成他的一部自傳哀。

陳獨秀雖在政治上全盤的失敗了，但他在提倡新文化運動這方面，卻是絕對的成功的。「五四」新文化運動的推動，固不只得力於陳氏一人，然而陳氏是新文化運動的褓母並且又是新文化運動的領導者，卻是不容否認的。

在民國六年一月胡適發表〈文學改良芻議〉（這篇文章可以說就是後來新文化運動行動的綱領）以前，陳獨秀在上海創辦《新青年》，就致力於提倡進步的西方科學，反對守舊的中國玄學和一切落後的倫理觀念，在文學方面，陳氏更大膽地揭起反對古典主義和理想主義之旗，而主張應當趨向於寫實主義（時在民國五年）。胡適的《文學改良芻議》，顯為陳氏這種主張所引起。及至胡適的〈文學改良芻義〉在《新青年》發表後，陳獨秀更進一步地發表了他那篇震撼全國學術思想界的〈文學革命論〉。雖然這篇〈文學革命論〉寫得並不長，但這篇短文的發表，確像在死沉沉的中國學術思想泥潭裏投卜了一顆最猛烈的炸彈，將停滯已久的一潭腐泥臭水炸出一個大缺口，使新文學的嫩芽得以滋長。且並就在這篇〈文學革命論〉中，我們可以充分看出陳氏腦海裏革命思想的濃厚和前進精神之驚人。他最後一段這麼說：

歐洲文化，受賜於政治科學者固多，受賜於文學者亦不少。予愛盧梭、巴士特之法蘭西，予尤愛虞哥、左喇之法蘭西；予愛康德、赫克爾之德意志，予尤愛桂特郝、卜特曼之德意志；予愛培根、達爾文之英吉利，予尤愛狄鏗士、王爾德之英吉利。吾國文學界豪傑之士，有自負為中國之虞哥、左喇、桂特赫、卜特曼、狄鏗士、王爾德者乎？有不顧迂腐之毀譽，明目張膽以與十八妖魔宣戰者乎？予願拖四十二生的大炮，為之前驅！

陳獨秀遇事堅決，以及當時對新文化運動努力推進的斷然精神，我們已可從這短短一段文字中明白體味出來。以陳氏這種個性，其後來接受第三國際駐東方代表的邀請而組織共產黨，當然不足為怪了。

胡適與陳獨秀先後發表〈文學改良芻義〉和〈文學革命論〉之後，中國的新文化運動，就如龍騰虎躍一般向前推進了。當時全中國的學術思想界除守舊迂腐的一派極力反對白話文，反對革新文字的思想外，其他凡有進取心的學者和青年知識份子，無不竭力擁護陳胡二人的主張。其中最著名的即有錢玄同、劉半農諸人。而胡適的努力寫作白話文、白話詩，並努力與一般迂腐之士如林琴南之流筆戰，寫文章來痛斥許多舞文弄墨之徒的不通，與陳獨秀之「拖四十二生的大炮」，為新文化運動的前驅，使許多文人的散漫的學術思想匯合起來成為一支文學革命的隊伍，與千百年來的舊文化宣戰，朝氣勃勃，絕不妥協，真可謂一吹一唱，少了一個都不成。所以今天許多人都稱胡適為中國新文學的導師，同時就該稱陳獨秀為中國文學革命的領導者。陳獨秀在文學革命上的成功，著實可以彌補他在政治革命上的失敗。陳氏死而有知，也當瞑目含笑於地下了吧。

老友徐一士

謝剛主（國楨）

有一天的下午，一士給我打電話，因為好久不見了，約我在一個地方談話，一士住在宣南，我又住在西城，就約會個適中的地方，在琉璃廠來薰閣書店見面。

那天天氣非常的熱，我在來薰閣等了許久，一士穿著白色短　褂，也未有著長衫，打著一柄洋傘。到來薰閣來找我。說新近古今社替他出一本集子，教我做一篇序。並且說，你如果到上海去的時候，順便問候問候古今社的朋友。一士衣服極為質樸，言語極為木訥，老是含著紙煙，談起話來卻極為有趣，不知道他的一定認為鄉曲老儒，其實是一位博學的君子。那天來薰閣的夥友，就偷偷的問我，這位先生是誰？我說這是鼎鼎有名的徐一士先生。

我和一士神交雖久，但過從最密，卻在事變後那一年。那時我剛從香港回來，家居極為無聊，就常和瞿兌之，徐一士諸兄在一起談天。事變的初起，生活尚不甚貴，就約會每星期三在一塊聚餐，那時在一處聚會的朋友，除了兌之，一士和我以外，還有柯燕舲、孫念希，劉盼遂、孫海波諸兄，共總有七個人，聚會的地點，不是在兌之家，便是在燕舲和我家。我們談話，上下古今，沒有一定範圍，總是在寂寞之中，得到一點朋友晤談的快慰。一士和我都是原籍江南，而寄居在歷下，談話的資料，老是由西山的斜照，談到明湖的秋光；尤其是談到濟南吃的小點心，更津津有味，所以我們二人尤為談得起勁。不久的時光，就由兌之發起了國學補修社，是每星期的朝晨。約會莘莘學子，在一起講學，很有不少的同學，得了不少的益處。後來兌之又約一士主編《中和雜誌》，一士所編共出到五卷，常川寫稿的人便是海波和我，在北方刊物中，總算是比較有學術性的雜誌。

民國三十一年的秋天，一士又約在上海《古今》雜誌上撰稿，在北方為《古今》撰稿的朋友，便有兌之，一士，五知，和我這幾個人，無形中又得到談話的一個機會。我是最喜歡跑路的一個人，三十二年的夏天，和三十三年的秋天，我兩次到上海去，認識了朱樸之，周黎庵，文載道諸君，承他們懇切的招待，得瞻樸之的精廬，誠所謂愛好自天然，非是一般俗子所可跂及。而我所深幸的，便是南北的學人，都可以接近；朋友之樂，在這個時光，誠是一個不可多得的機會。

可是一士每天要到中南海去辦公，我也是一天有一定的工作，所以見面的機會，非先約不可，在一兩年前的生活，尚不至於像現在這樣貴，我們所約的地點，總是喜歡在中央公園上林春吃茶，順便吃一點點心，後來上林春是吃不起了，就跑到來薰閣閒坐，有時光請他們老闆買一點燒餅和麵條，就當晚飯，可是不買他們的書，而且討擾他們的夜飯，心中總感覺要招店夥的討厭。

一士兄這部集子，是選近年來所撰，有關掌故的文字，倣俞正燮《癸巳類稿》的體裁名為《一士類稿》，我本意是先要拜讀一過，得以先睹為快，可惜我到上海，書已付印，不能全讀，深以引為憾事，但是一士的學問，我是深感莫及的。一士長於掌故之學，尤其是對於科舉的制度，和清季的遺聞，這是任何人沒有他那樣的熟悉，須知他的堂兄徐仁鑄先生，就是光緒戊戌變政時，革新的新黨，家學既厚，所以濡染自深。我嘗以為有清的歷史考證家，多偏重在古代，考證不急時務的名物，看歷史成了死板板的東西，縱然把六府三事，考證的明明白白，但於歷史的動態，與現代時事的關係又有何補？要有史學眼光的，我不能不推重全祖望勞格這兩個人。全氏《鮚埼亭集》真是把南宋和明季遺民，活活的寫出，叫我們讀了得到不少歷史上的興趣。勞氏讀書雜識，雖然未成完作，但是他能把治考據的方法，移到治唐宋以後的歷史。

復次：清代一般的考據家，卻喜歡考證瑣碎無聊的問題，便自以為賅博。例如明季死難的義士，本是極可敬重的一件事，但治考據的史學家，他必定考據某人死在某處，而某人又以為死在某處為非，考來考去，真是不關痛癢。楊秋室的〈南疆逸史跋〉，雖然引證博辯，仍不免犯了瑣碎的毛病，倒不如近人孟心史先生所撰《心史叢刊》中〈順治丁酉科場案〉、〈董小宛〉、〈丁香花〉諸篇，來得引人娓娓動聽，但是到他老年所撰的〈明元清系通紀〉，反倒有江郎才盡之感。所以我對於史學的見解是：治近古代史不如治近代史，而治近代史或以往有趣味的問題，感覺著更為重要。我很想就這一方面，做一點工作，人們的批評，我們姑且不去管，但恐怕未必能做好，一士知我者，他當必不以我言為謬也。

附錄：《古今》雜誌全套五十七期總目錄

總目

創刊號（月刊） 中華民國三十一年（一九四二）三月

發刊詞……二
網巾（爰居閣脞談）……眾異（梁鴻志）……三
記周佛海先生……左筆……五
雪堂自傳（一）……羅振玉遺稿……七
康有爲與梁啓超……經堂……一三
郁達夫與王映霞 附錄——郁達夫 毀家詩紀……易伽……一五
齊白石……許斐……一九
四十自述……朱樸……二〇
蠹魚篇（上）……楮冠……二五
談清代的太監……笠堪（周黎庵）……二九
談神仙……（何）海鳴……三四
記華商報晚刊（香港追記之一）……夏曼……三六
革命之決心（古今文選）……汪精衛……三八
編輯後記……編者……四〇

第二期 民國三十一年四月

爰居閣記……眾異（梁鴻志）……四六
談汪容甫……經堂……四七
洪稚存之狂……四九
重光大使屬題北極閣紀遊圖卷作者
爲同遊清水董三君也……眾異（梁鴻志）……四九
爲重光大使題清水董三畫金陵山水
次爰居閣主人韵……康瓠（江亢虎）……四九
穠花天氣自度曲……康瓠（江亢虎）……四九
記嚴範孫（修）先生……董家祥……五〇
關於沈萬三（聚寶盆的傳說）……流兮……五三
雪堂自傳（二）……羅振玉遺稿……五八
紅樓夢的言語及風格……華皎……六三
談明代的妓女……笠堪（周黎庵）……六八
蠹魚篇（下）……楮冠……七三
胡文虎與星島日報（香港追記之二）……夏曼……七八

我的奮鬥（古今文選）……周佛海……七九
中國公學復校緣起……八三
漫談古今（代編輯後記）……（朱）樸之……八四

第三期 民國三十一年五月

苦學記……周佛海……九〇
閣下之誤（爰居閣脞談）……衆異（梁鴻志）……九七
蘇遊散記……朱樸……九九
記爰居閣主人……經堂……一〇一
龍堆雜拾……魯昔達……一〇三
雪堂自傳（三）……羅振玉遺著……一〇九
談英國人的迷信……微言……一一五
崇效寺楸陰感舊圖考（上）……張江裁……一二〇
香港的雜誌（香港追記之三）……夏曼……一二五
補談汪容甫……邱艾簡……一二六
再覆吳敬恒書（古今文選）……章炳麟……一二七
編輯後記——介紹周黎庵先生……（朱）樸之……一二八

第四期 民國三十一年六月

汪精衛先生庚戌蒙難實錄序……周作人……一三四
曾國藩與左宗棠……（紀）果庵……一三五
記金聖歎……何默……一四一
談諸葛亮……朱樸……一四六
談李慈銘……南冠……一四九
關於珍妃……笠堪（周黎庵）……一五三
美國投機家列傳——樊德璧與屈魯……許季木……一五七
生活興亡錄……晦盦……一六二
崇效寺楸陰感舊圖考（下）……張江裁……一六四
雪堂自傳（四）……羅振玉遺著……一六八
編輯後記……編者……一七二

第五期 民國三十一年七月

廿遯村居日劄（一）……吳昌綬遺稿……一七八
藥味集序……周作人……一八二
中庸讀本書後……梁鴻志……一八三
秣陵十日……柳雨生（存仁）……一八四
兩都賦——南京與北京……紀果庵……一八七
我所知道的陳獨秀……靜塵……一九二
記語言學家王小航（照）……何默……一九五
牡丹亭女讀者的戀慕狂……仲玉……二〇〇

從魯迅談到龔定庵……陳亨德……二〇四
（齊白石、李雨林繪）銀錠橋話往圖記……張江裁……二〇八
十園談助……陳寥士……二〇九
蘇曼殊詩·齊白石三銘　姜啓贈李郎詞　王漁洋序吳野人詩　蠹
海談花木　金陵貢院考　讀書與飯量　宋王臺秋唱圖　羅浮仙
蝶詩
雪堂自傳（五）……羅振玉遺著……二一二
編輯後記……編者……二一六

第六期 民國三十一年八月

諸貞長（宗元）大至閣詩序……梁鴻志……二二二
甘遯村居日劄（二）……吳昌綬遺稿……二二三
記蔡孑民先生的事……周作人……二二六
讀知堂文偶記……默菴……二二八
四庫瑣話（一）……庚持……二三三
談四大名旦……龐容……二三七
明末的人物……劉平……二三九
談狐……微言……二四三
香港戰爭目擊記（上）……靜塵……二四七
施德樓隨筆——霧、夜半鐘聲、馬戲……胡詠唐……二五二
雪堂自傳（六）……羅振玉遺著……二五四
與文徵明書（古今文選）……唐寅……二五七
題集蓼編（詩四首）……羅振玉遺稿……二五八
編輯後記……編者……二五八

第七期 民國三十一年九月

先退庵公宦蹟圖殘冊後記……梁鴻志……二六四
甘遯村居日劄（三）……吳昌綬遺稿……二六五
龍堆再拾……魯昔達……二六八
四庫瑣話（二）……庚持……二七三
海藏樓（鄭孝胥）詩的全貌（上）……陳寥士……二七八
論「從容就死」……紀果庵……二八二
賦得廣州的吃……柳雨生（存仁）……二八六
光緒帝與那拉后……陳亨德……二九〇
記聯聖方地山……邱艾簡……二九七
香港戰事目擊記（下）……靜塵……二九九
編輯後記……編者……三〇二

第八期 民國三十一年十月一日

嚴東樓（嵩子世蕃）軼事集記……梁鴻志……三〇八

漫談蟫香館主人（嚴修）……徐一士……三一〇
關於『實庵（陳獨秀）自傳』……（陶）亢德……三一六
記章太炎及其軼事……周黎庵……三一八
談岑春煊……陳亨德……三二三
關於李義山……南冠……三二八
記金冬心……鄭秉珊……三三三
明喬白巖守南京記……何海鳴……三三八
海藏樓（鄭孝胥）詩的全貌（下）……陳寥士……三四一
序四幕劇『餘生』……柳雨生（存仁）……三四五
編輯後記……編者……三四六

第九期（半月刊） 民國三十一年十月十六日

自反錄……周佛海……三五一
遍地烽火話瑞士……翼公（吳頌皋）……三五五
龔定盦與林則徐……沈爾喬……三五八
記（香港）丹桂村（廣西政爭失敗的軍人聚居地）……詹詹……三五九
董其昌的書畫……鄭秉珊……三六一
京話……姜賜蓉……三六五
張次溪屬齊白石李雨林畫銀錠橋話往圖
紀庚戌炸藥案索題感賦……康瓠（江亢虎）……三六六
論離婚……蘇青……三六七
說歡喜佛……韋禽……三七一
記閹人……楊靜盦……三七六
偶談吃……曉諟……三七八
談眉……余牧……三七九
滿城風雨談古今……（朱）樸之……三八二
編輯後記……編者……三八二

第十期 民國三十一年十一月一日

朱竹垞詠古詩……梁鴻志……三八七
聖城被困記……翼公（吳頌皋）……三八九
談長人……徐一士……三九四
馬眉叔（建忠）的才學及其被罵……周越然……三九八
談自傳　附：作者畧傳……柳存仁……四〇〇
說『通』與『不通』……朱劍心（建新）……四〇三
廿四番風歌用壬午（一九四二）高考典襄監委姓字依發表次
序記之　附：壬午高考闈中賦徵同人和作……江亢虎……四〇六
朱竹垞的戀愛事蹟（上）……吳詠……四〇七
四庫餘話……庚持……四一三

第十一期 民國三十一年十一月十六日

第十二期 民國三十一年十二月一日

第十三期 民國三十一年十二月十六日

第十四期 民國三十二年一月一日

第十五期 民國三十二年一月十六日

第十六期 民國三十二年二月一日

第十七期 民國三十二年二月十六日

第十八期　民國三十二年三月一日

第十九期　民國三十二年三月十六日　周年紀念特大號

第二十、二十一期 民國三十二年四月十六日

第二十二期 民國三十二年五月一日

第二十三期 民國三十二年五月十六日

第二十四期 民國三十二年六月一日

第二十五期 民國三十二年六月十六日

第二十六期 民國三十二年七月一日

第二十七、二十八期 民國三十二年八月一日

第二十九期 民國三十二年八月十六日

第三十期　民國三十二年九月一日

第三十一期　民國三十二年九月十六日

第三十二期　民國三十二年十月一日

第三十三期　民國三十二年十月十六日

第三十四期　民國三十二年十一月一日

第三十五期　民國三十二年十一月十六日

第三十六期　民國三十二年十二月一日

第三十七期　民國三十二年十二月十六日

第三十八期　民國三十三年一月一日

第三十九期 民國三十三年一月十六日

第四十期 民國三十三年二月一日

第四十一期 民國三十三年二月十六日

第四十二期　民國三十三年三月一日

第四十三、四十四期　民國三十三年四月一日

第四十五期　民國三十三年四月十六日

第四十六期　民國三十三年五月一日

第四十七期　民國三十三年六月十六日

第四十八期　民國三十三年六月一日

第四十九期　民國三十三年六月十五日

第五十期　民國三十三年七月一日

第五十一期　民國三十三年七月十六日

第五十二期 民國三十三年八月一日

第五十三期 民國三十三年八月十六日

第五十四期 民國三十三年九月一日

第五十五期　民國三十三年九月十六日

第五十六期　民國三十三年十月一日

第五十七期　民國三十三年十月十六日

完整復刻・經典再現
探索民國人物風華往事

《風雨談》【全套6冊不分售】

原發行者：風雨談社；原刊主編：柳雨生
定價：15,000元

收錄原月刊共21期，是上海乃至整個淪陷區最引人注目的大型文學期刊。作者的陣容是空前巨大的，包括周作人、張我軍、包天笑、蘇青、路易士、南星、紀果庵、龍沐勛等人。主要欄目有專著、評論、小説、散文、詩歌、戲劇等。

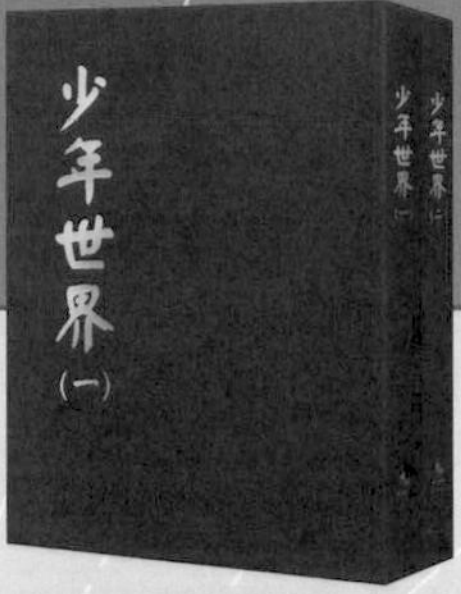

《少年世界》【全套2冊不分售】

原發行者：少年中國學會
定價：6,000元

收錄原月刊共12期，是在富本土化與通俗化的「五四運動」時代的重要刊物，注重實際調查、敘述事實和應用科學，其內容闢有〈學生世界〉、〈教育世界〉、〈勞動世界〉等欄，影響深遠，值得細賞。

限量發行

《天地》【全套2冊不分售】

原發行者：天地出版社；原刊主編：蘇青
定價：6,000元

收錄原雜誌共21期，網羅「日常生活」、「女子寫作」兩大特色鮮明文章；其中「女子寫作」以蘇青及張愛玲的作品居多，張愛玲散文名篇多刊登於此。其他女作家尚包括梁鴻志的女兒梁文若、周佛海的夫人楊淑慧、東吳女作家施濟美等。

《古今》【全套5冊不分售】

原出版社：古今出版社；原刊主編：朱樸
定價：12,500元

收錄原月刊共57期，其中重要作家有北方的周作人、徐凌霄，南方的周越然、張愛玲，還有汪偽文人，如：汪精衛、周佛海。內容側重知識性與趣味性。為上海淪陷時期的代表刊物，可供學術研究使用。

《光化》【全套2冊不分售】

原發行者：光化出版社；原刊主編：江石江

定價：6,000元

收錄原月刊共6期，是抗戰勝利前夕難得一見的文學期刊，由中共地下黨所支持，在當時淪陷區的刊物而言，是頗具份量的。作者包括陶晶孫、丁諦、楊絢霄、柳雨生、紀果庵等人，皆是當時赫赫有名的作家，極具研究及收藏價值。

《大華》【全套5冊不分售】

原出版社：大華出版社；原刊主編：高伯雨

定價：20,000元

收錄原雜誌共55期，掌故大家高伯雨所創辦的雜誌，內容可分：掌故、人物、藝術戲劇、政海軼聞、生活回憶、文物、詩聯和雜文等類，是同類雜誌中的上品。由於高伯雨深知掌故，自己也寫掌故，現在編掌故，自然知道如何取捨，在內容上有相當高的史料價值。

《自由人》【全套20冊不分售】

定價：50,000元

本套書為市面上唯一完整收集，收錄從四十年三月七日發行，到四十八年九月十三日停刊，維持約八年餘的三日刊。文章精彩，內容多元，析論入理，頗受當時臺灣以及海外，尤其是美國華僑的注意，極具研究及收藏價值。

《大人》【全套12冊不分售】
原發行者：大人出版社；原刊主編：沈葦窗
定價：30,000元

收錄原雜誌共42期，撰稿者多是大陸鼎革後，流寓在香港和臺灣的南下文人、名流和藝術家。包括中醫才子陳存仁、資深報人陳蝶衣等，同時更收錄了齊白石、張大千、梅蘭芳、宋美齡等人的畫作、法書或手跡，俱為當時臺灣與香港文化界的一時之選，不容錯過！

《波文》【合訂本】
原出版社：波文月刊社；原刊主編：黃俊東
定價：3,000元

收錄原月刊共5期，是七〇年代香港一群文化人所創辦的充滿「理想」的刊物，作者有高伯雨、鮑耀明、沈西城、小思（明川）、黎活仁、也斯（梁秉鈞）等，是研究香港當時人文歷史、風俗民情、社會發展必備專書。

《掌故》【全套12冊不分售】
原發行者：掌故出版社；原刊主編：岳騫
定價：35,000元

收錄原雜誌共70期，從民國肇興以迄大陸「文革」初期，六十年間的史事。這其中有許多文章是一手見證的，十分珍貴，如陶希聖、翁照垣、鄭修元、王覺源、萬耀煌等文章，可作為研究現代史的珍貴資料。

華文稀見史料彙編

服務窗口
秀威資訊 圖書部
電　話：(02) 25180207分機22 陳小姐
E-mail：bookorder@showwe.com.tw

訂購網址

秀威資訊
Showwe information Co.,Ltd.

史地傳記類　PC0985　讀歷史124

《古今》雜誌精選

原出版社 / 古今出版社
導　　讀 / 蔡登山
責任編輯 / 石書豪
圖文排版 / 周妤靜
封面設計 / 王嵩賀

發 行 人 / 宋政坤
法律顧問 / 毛國樑　律師
出版發行 / 秀威資訊科技股份有限公司
114台北市內湖區瑞光路76巷65號1樓
電話：+886-2-2796-3638　傳真：+886-2-2796-1377
http://www.showwe.com.tw
劃撥帳號 / 19563868　戶名：秀威資訊科技股份有限公司
讀者服務信箱：service@showwe.com.tw
展售門市 / 國家書店（松江門市）
104台北市中山區松江路209號1樓
電話：+886-2-2518-0207　傳真：+886-2-2518-0778
網路訂購 / 秀威網路書店：https://store.showwe.tw
國家網路書店：https://www.govbooks.com.tw

2020年11月　BOD一版
定價：120元
版權所有　翻印必究
本書如有缺頁、破損或裝訂錯誤，請寄回更換

Copyright©2020 by Showwe Information Co., Ltd.
Printed in Taiwan
All Rights Reserved

國家圖書館出版品預行編目

<<古今>>雜誌精選 / 蔡登山導讀. -- 一版. -- 臺北市 : 秀威資訊科技股份有限公司, 2020.11
面； 公分. -- (史地傳記類 ; PC0985) (讀歷史 ; 124)
BOD版
ISBN 978-986-326-866-6(平裝)

830.8　　109017133

讀者回函卡

感謝您購買本書，為提升服務品質，請填妥以下資料，將讀者回函卡直接寄回或傳真本公司，收到您的寶貴意見後，我們會收藏記錄及檢討，謝謝！
如您需要了解本公司最新出版書目、購書優惠或企劃活動，歡迎您上網查詢或下載相關資料：http:// www.showwe.com.tw

您購買的書名：________________________________

出生日期：________年________月________日

學歷：□高中（含）以下　□大專　□研究所（含）以上

職業：□製造業　□金融業　□資訊業　□軍警　□傳播業　□自由業
　　　□服務業　□公務員　□教職　□學生　□家管　□其它______

購書地點：□網路書店　□實體書店　□書展　□郵購　□贈閱　□其他

您從何得知本書的消息？

□網路書店　□實體書店　□網路搜尋　□電子報　□書訊　□雜誌
□傳播媒體　□親友推薦　□網站推薦　□部落格　□其他__________

您對本書的評價：（請填代號　1.非常滿意　2.滿意　3.尚可　4.再改進）

封面設計____　版面編排____　內容____　文／譯筆____　價格____

讀完書後您覺得：

□很有收穫　□有收穫　□收穫不多　□沒收穫

對我們的建議：________________________________

____

____

____

請貼
郵票

11466
台北市內湖區瑞光路 76 巷 65 號 1 樓

秀威資訊科技股份有限公司 收

BOD 數位出版事業部

（請沿線對折寄回，謝謝！）

姓　　名：________________　　年齡：________　　性別：□女　□男

郵遞區號：□□□□□

地　　址：____________________________________

聯絡電話：(日) ________________ (夜) ________________

E-mail：____________________________________